DES LOIS ACTUELLES

SUR LE

COMMERCE DES GRAINS

EN FRANCE.

LEURS CAUSES ET LEURS EFFETS,

PAR M. GAUTIER,

ANCIEN ADMINISTRATEUR DES VIVRES.

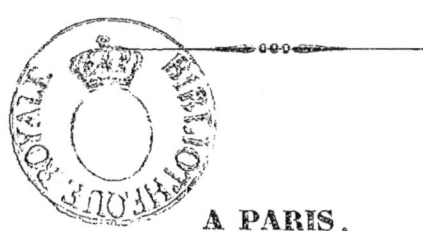

A PARIS,

CHEZ POTEY, LIBRAIRE,
RUE DU BAC, 46.

CHEZ LECOINTE, LIBRAIRE,
QUAI DES AUGUSTINS, 49.

1831

IMPRIMERIE DE DUCESSOIS,
Quai des Augustins, 55.

TABLE.

CAUSES ET EFFETS

DE LA

LÉGISLATION ACTUELLE

SUR LE COMMERCE DES GRAINS

EN FRANCE.

Motif et But de cet Écrit.

Depuis la révolution de 1789, qui a aboli toutes les distinctions entre nos anciennes provinces, partagé uniformément la France en départemens administratifs, soumis tous ces départemens à la même législation, et pris pour base de cette législation nouvelle la plus ample liberté possible, le commerce des grains dans l'intérieur du royaume est affranchi, en temps ordinaire, de toutes ses anciennes entraves : peut le faire qui veut ; nulle barrière, nul péage ne gênent plus ses mouvemens ; la liberté de la circulation des blés, qui seule peut répartir convenablement la subsistance commune, est placée spécialement sous la protection des citoyens armés ou des gardes nationales.

Il n'en est pas entièrement de même du commerce des grains à l'extérieur. Celui-ci est soumis à des conditions éventuelles ; ces conditions n'ont été fixées que

1

depuis la restauration ; elle sont le sujet de trois lois spéciales, du 2 décembre 1814, du 16 juillet 1819 et du 4 juillet 1821.

Le but de ces lois a été de prévenir les inconvéniens de la surabondance et les malheurs de la disette, en ouvrant alternativement nos ports et nos barrières à l'exportation des grains indigènes ou à l'importation des grains exotiques, dès le moment où se manifestent les symptômes de l'une ou de l'autre ; de manière à soutenir, sans secousse, la valeur des blés assez haut pour intéresser le cultivateur à leur reproduction, et néanmoins assez bas pour que l'ouvrier puisse y atteindre facilement avec son salaire.

La loi de 1789, trop générale pour tous les temps, est par cela même incomplète ; l'expérience l'a prouvé ; et ces trois dernières lois ne composent point, dans leur objet commun, un ensemble satisfaisant. Elles ne sont point sorties d'une même pensée ; la seconde renvoie à la première, la troisième est une modification des deux précédentes ; leur étude est pénible ; leur application peut avoir manqué quelquefois de justesse ; plusieurs de leurs dispositions ont eu besoin d'être expliquées par des ordonnances. Les personnes qui, par état ou par devoir, ont fixé leur attention sur ces lois, ont dû sentir depuis long-temps la nécessité d'en simplifier l'économie et même de l'améliorer foncièrement. Le ministre de l'intérieur (1), en proposant aux chambres le 18 septembre dernier une mesure d'exception, disait en parlant d'elles : « Cette législation

(1) M. Guizot.

» est compliquée ; il est permis de croire qu'elle de-
» vrait être l'objet d'une révision générale ; que des
» dispositions mieux combinées protégeraient efficace-
» ment l'agriculture, en faisant courir moins de chances
» aux subsistances publiques, en amenant moins d'al-
» ternatives, de mévente et de cherté. » Le ministre
ajoutait : « Mais il faut procéder en pareille matière
» avec une grande prudence ; il faut laisser au temps
» le soin de mettre tous les droits en lumière et tous les
» intérêts en accord. »

Cette réflexion est très-sage ; mais le temps, dont le
ministre conseille d'attendre les lumières, a déjà passé
sur cette législation ; douze années d'épreuve ont dû
présenter à l'administration, encore plus qu'aux admi-
nistrés, de nombreuses occasions de remarquer ses mérites et ses imperfections. Malheureusement en France
l'administration est très-mobile, elle change avec les
hommes, et nulle part l'expérience de l'administrateur
qui s'en va ne passe avec sa place à son successeur ;
toutefois, les documens écrits restent ; peut-être ne fau-
drait-il que compulser ceux que chaque année a ap-
portés au ministère de l'intérieur depuis 1814 pour
signaler dès à présent les réformes à faire aux lois dont
il s'agit.

L'intérêt de ce travail est grand ; c'est le plus grand
de tous ; les lois sur les grains touchent aux fondemens
de la société, l'agriculture et l'industrie. Il n'est aucun
État que ne puissent troubler des alarmes sur la subsistance publique ; nul gouvernement n'est assuré de sa
durée dans une disette ; un peuple affamé est souverain
de fait, à Constantinople comme à Paris ; le besoin

donne le droit ou en tient lieu. Le premier intérêt, comme le premier devoir de ceux qui gouvernent, est donc de mettre et de maintenir le pain ou la subsistance commune à la portée de tous. Ce but des lois françaises actuelles sur les grains, malgré leur perfectionnement, n'a pas été toujours atteint, et ces lois ont souffert de fréquentes exceptions. La nécessité a forcé plusieurs fois de mettre des restrictions à la liberté du commerce des blés dans l'intérieur, de suspendre l'exportation avant le terme légal, et de modifier les conditions de l'importation. Tout récemment encore, au mois d'octobre 1830, la loi d'exception dont nous avons parlé, a suspendu jusqu'au 30 juin suivant la perception d'une partie des droits sur les blés étrangers, pour les attirer plus abondamment dans nos ports. La sécurité publique semble demander pour les subsistances une législation mieux appropriée aux diverses circonstances à travers lesquelles celle-ci a passé, suspendue ou modifiée; le temps est venu de s'occuper de sa refonte totale. Les lois sur le commerce extérieur, de 1814, 1819 et 1821, nées de circonstances pressantes, délibérées sans l'avis préalable des conseils généraux de département, ni des chambres de commerce, ne doivent être considérées que comme des essais sur lesquels il faut aujourd'hui consulter l'expérience et l'opinion. Avec quelque froideur que l'intérêt présent des questions politiques qui s'agitent chaque jour fasse accueillir toutes celles dont la solution ne paraît pas être aussi urgente, l'objet de cet écrit est de provoquer à l'examen de ces lois, et de celles précédentes sur le commerce des grains dans l'intérieur, tous les esprits réfléchis que leurs fonctions, leur intérêt privé ou le seul amour du bien public peuvent porter à ce travail, et de rapprocher d'eux quelques documens épars propres à le leur faciliter. Quel qu'en soit le résultat, il sera utile : ou notre législation sur les blés, en sortira encore améliorée, ou il restera démontré qu'elle ne peut l'être davantage

---

Précis historique

DE LA LÉGISLATION FRANÇAISE

SUR LES GRAINS.

Les lois sur le commerce des blés ne sont point de celles dont le principe général existe dans la nature, si ce n'est le respect dû par tout gouvernement, quel qu'il soit, au droit naturel qu'a tout individu de pourvoir à sa subsistance. La diversité des sols, la variété des climats, la position différente des pays, maritime ou méditerranée, sont autant de causes de diversité dans la législation de ce commerce. La forme du gouvernement, l'état politique des peuples, le degré de leur industrie, leurs rapports avec d'autres nations, sont des causes d'un autre ordre qui ont aussi leur influence sur cette législation. Enfin, les fléaux accidentels de la nature et ceux de la société : les intempéries des saisons, les guerres, l'ignorance, les préjugés, les passions exercent trop souvent sur elle leur empire.

La France, pays essentiellement agricole, est peut-être celui où les réglemens sur les grains ont le plus fréquemment varié avec ces dernières causes. Depuis Louis IX jusqu'à Henri III, cette législation ne reposa sur aucun principe stable et obéit à tous les événemens ; et sous le règne des Bourbons, depuis Henri IV jusqu'à Louis XVI, malgré la marche progressive des lumières, ou peut-être à cause de ce progrès même, on ne compte pas moins de cent soixante actes de l'autorité souveraine sur le commerce des blés, fondés alternativement sur des principes contraires, selon que les saisons accordaient plus ou moins largement leur tribut annuel, ou que les caisses de l'État étaient plus ou moins facilement alimentées par les impôts (1).

Cette législation versatile devint, vers le milieu du siècle dernier, le sujet d'un débat public très-animé qui ne dura guères moins de trente années, dont le premier fruit fut d'exercer les esprits à la discussion des intérêts sociaux et d'accoutumer le gouvernement à voir censurer ses principes et ses actes par quiconque voulut écrire. Les ouvrages des économistes ont, peut-être, contribué plus que tous les autres ouvrages philosophiques de cette époque à inspirer ce désir ardent de réformes qui se manifesta généralement au premier aveu que fit le ministère, en 1787, de l'insuffisance du

---

(1) La seule nomenclature des déclarations royales, édits, arrêts du conseil, arrêts des parlemens relatifs au commerce intérieur et extérieur des blés en France depuis le quatorzième siècle, compose un manuscrit de plus de 30 pages in-folio. L'analyse de ces actes serait plus curieuse qu'utile ici. Nous nous bornerons à indiquer les dispositions des lois actuellement en vigueur, dont le principe se trouve dans ces anciens actes.

revenu annuel, et qui, deux ans après, fit éclater la révolution.

Selon ces écrivains, la terre est l'unique source de toutes les richesses, et devrait seule, par cette raison, supporter l'impôt; ses productions de toute nature, surtout les grains, devraient jouir pour leur commerce, tant au dedans qu'au dehors, d'une immunité absolue et d'une liberté sans limites. La simplicité de cette doctrine et sa nouveauté lui firent de nombreux partisans, principalement parmi les grands propriétaires puissans à la cour, et les corporations opulentes en domaines, dont elle flattait les intérêts. Des hommes d'état, moins indifférens au bien général et aux considérations politiques, plus touchés des dangers auxquels un système d'exportation illimité et sans réciprocité pourrait exposer la paix publique dans les temps difficiles que des avantages qu'il promettait à l'agriculture, se déclarèrent les antagonistes de cette doctrine, et la combattirent par des raisonnemens, quelquefois plus spécieux que solides, que fortifièrent et affaiblirent tour à tour les essais que le gouvernement consentit à faire de ce système de liberté. De 1763 à 1789 il renversa, rétablit, détruisit de nouveau et rétablit encore les entraves qui gênaient la circulation et la vente des grains dans le royaume et leur expédition au dehors (1), jusqu'à ce qu'enfin la révolution

(1) Voici les principaux de ces actes :

1° Déclaration du roi, du 25 mai 1763, portant permission à tous de faire circuler les grains, farines, et légumes, dans toute l'étendue du royaume, en exemption de tous droits, même de ceux de péage.

Un arrêt du conseil, du 10 novembre 1739, avait déjà affranchi de

vint faire triompher le grand principe des économistes *laissez faire, laissez passer;* précepte qui, s'il était adopté par toutes les nations, ferait du commerce général une seconde providence ; mais à laquelle pourtant il serait encore imprudent d'abandonner tout le soin de la subsistance des peuples. L'Assemblée constituante le proclama quant aux blés, non cependant sans quelque réserve.

1° LOIS SUR LE COMMERCE INTÉRIEUR.

Sous l'Assemblée constituante.

Dès le 29 août 1789, cette Assemblée décréta la vente libre et la libre circulation des grains et farines dans toute l'étendue du royaume, par toutes personnes et sans aucune condition. Peu après, le 18 septembre, toute opposition à cette liberté fut déclarée « attentat » contre la sûreté et la sécurité du peuple. » Les gardes nationales furent astreintes au serment exprès de la

---

tous droits le commerce des grains dans l'intérieur ; mais cette disposition avait été restreinte dès l'année suivante.

2° Édit de juillet 1764 qui permet l'exportation libre des grains à l'étranger, par toutes sortes de personnes ;

3° Arrêt du conseil du 23 décembre 1770, qui interdit la vente des grains hors des marchés, et la faculté de faire ce commerce aux laboureurs, meuniers et boulangers ;

4° Autre arrêt du conseil du 13 décembre 1774, qui rétablit l'entière liberté du commerce des grains dans l'intérieur du royaume ; et suspend la liberté de la vente à l'étranger ;

5° Déclaration du roi du 17 juin 1787, portant : « Qu'il est libre pour » toujours et à toutes personnes, de quelque état et condition qu'elles

9

protéger. Tel devait être dès-lors et pour toujours le droit public français sur le commerce des blés dans l'intérieur; tel il est encore en effet; mais une force supérieure aux lois et aux principes a souvent contraint de s'en écarter.

Non-seulement l'Assemblée avait provisoirement excepté de cette liberté le commerce extérieur, par le décret du 29 août; par celui du 18 septembre elle déclara aussi « attentat contre la sûreté et la sécurité publique » toute exportation de grains et farines à l'étranger.

Sous la première Législature.

La législature qui la suivit, après avoir lutté long-temps pour les principes contre les exigences populaires, alla jusqu'à restreindre même le droit de vendre, inhérent à celui de propriété, en déclarant, par une loi du 16 septembre 1792 (1), que « dans les dangers les propriétaires de grains devaient

» soient, de faire le commerce des grains et farines, de province à pro—
» vince, et avec l'étranger; »

6° Arrêt, du conseil du 7 septembre 1788, qui suspend l'exportation des grains;

7° Autre arrêt du conseil, du 23 novembre suivant, qui rétablit pour un an l'ancienne obligation de ne vendre et n'acheter que dans les marchés;

8° Arrêt semblable, du 23 avril 1789, d'après lequel les propriétaires, les fermiers, les marchands, et tous détenteurs de blés, peuvent être contraints de garnir les marchés de leur ressort.

(1) A cette époque le trône venait d'être renversé; les principes du gouvernement populaire commençaient à dominer.

» se regarder comme de simples dépositaires. » Principe vrai en soi, dont l'application, heureusement
très-rare, aurait dû être dès-lors réglée explicitement
par une loi qui conciliât le devoir du détenteur comme
citoyen avec son droit comme propriétaire. Malgré le
retour, plusieurs fois réitéré depuis 40 ans, des circonstances qui nécessitèrent la déclaration de ce principe, cette loi est encore à faire ; car, malgré la facilité
avec laquelle l'autorité fait revivre les dispositions des
constitutions et des lois de la révolution à défaut d'autres
plus équitables, on ne peut regarder comme règle à
suivre dans de telles circonstances le décret de la Convention, du 11 septembre 1793, dont nous parlerons ci-
après, ni les actes législatifs postérieurs auxquels il a servi
de modèle. Le gouvernement a toujours trouvé plus facile
d'attendre l'événement et de parer, chaque fois, au mal
par des entraves temporaires, plus ou moins rigoureuses,
du droit de commercer. Ainsi, même depuis la révolution, mère de toutes nos libertés, et presqu'aussitôt
après leur création, celle du commerce des blés ne put
être établie qu'en principe. Comment, en effet, maintenir constamment dans toute leur vigueur des lois qui
reposent en quelque sorte sur la température ?

Sous la Convention nationale.

Sous la Convention, qui remplaça la première législature, ce principe fut de nouveau reconnu et pro-
clamé ; mais la vente et la circulation des grains n'en
furent pas moins gênées par des lois restrictives. Quelques mois seulement après que le conseil exécutif eut

publié « que le cultivateur et le fermier doivent être
» maîtres de vendre leurs denrées comme le fabricant
» et le marchand vendent leurs marchandises, et qu'il
» ne doit pas y avoir plus de raison de fixer le prix des
» comestibles qu'il n'y en a de fixer celui des étof-
» fes (1), » la Convention astreignit tout cultivateur
ou propriétaire de grains à en faire la déclaration à peine
de visites domiciliaires et de confiscation; défendit toute
vente de grains ailleurs que sur les marchés ou ports
accoutumés, sauf quelques exceptions; assujettit tous
ceux qui voudraient en faire le commerce à se pourvoir
d'une autorisation spéciale, et enfin posa des limites
au prix des grains jusqu'au 1er septembre suivant (2).
Plus tard, elle ordonna un recensement général des
blés récoltés, et prononça, outre la confiscation, 10
années de fers contre les auteurs de fausses déclarations (3). Peu après, à l'exemple de l'arrêt de 1770, elle
décerna les mêmes peines contre les meuniers qui fe-
raient le commerce des grains et même celui des farines (4). Puis, résumant toutes ces dispositions et les
développant, elle en fit l'objet d'une loi complète sur le
commerce des grains dans l'intérieur (5). Cette loi, rai-
sonnée, divisée en quatre sections et en soixante-dix-huit
articles, soumettait la possession, la vente et tous les
mouvemens des grains aux plus gênantes formalités,
fixait pour la France entière un *maximum* à leur va-

---

(1) Proclamation du 31 octobre 1792.
(2) Décret du 4 mai 1793.
(3) Autre décret du 19 août même année.
(4) Autre décret du 10 septembre *idem*.
(5) Décret du 11 septembre *idem*.

leur (1), et en interdisait l'emmagasinement à moins de six lieues des frontières.

Des mesures aussi opposées au principe de la loi fondamentale ne trouvent leur raison que dans une succession de mauvaises récoltes, dans les circonstances extraordinaires où la France fut placée sous le règne de la Convention et dans l'énorme puissance de cette assemblée souveraine. Elles ne pourraient être adoptées sous un régime libéral par un gouvernement constitutionnel; c'est pourquoi nous disons qu'une loi reste à faire pour concilier, dans les années de malheur, les droits du propriétaire avec ses devoirs envers ceux qui ne le sont point. Ces devoirs l'humanité les enseigne, la religion les commande, mais la loi ne les prescrit pas; ils sont du citoyen encore plus que de l'homme religieux, car leur inobservation peut troubler l'État. Une telle loi est sans doute difficile à faire, mais les disettes de 1801, de 1811, de 1816 en ont fait sentir la nécessité autant que celle de 1794; et, quoiqu'elles mêmes nous aient appris à nous prémunir contre leur retour, les précautions législatives et les autres mesures prises jusqu'à présent contre les disettes à venir, ne sont pas d'un effet si assuré et si général qu'il faille bannir toute crainte à cet égard.

Nous remarquerons en passant que la taxation du prix des blés en 1794 eut moins pour cause leur rareté que la lutte entre la valeur factice du papier-monnaie et la valeur réelle des choses. Le premier exemple d'une

---

(1) 14 liv. le quintal marc de froment; 20 liv. le quintal de farine; 12 liv. le quintal de méteil; 10 liv. le quintal de seigle; 9 liv. le quintal d'orge.

pareille taxation eut une semblable cause, l'altération des monnaies sous Philippe-le-Bel en 1303. A l'une et à l'autre époque cette mesure arbitraire manqua son effet : les blés devinrent plus rares sur les marchés ; on les cacha pour les vendre clandestinement au-dessus de la taxe. Le besoin d'un côté, la cupidité de l'autre, se trouvèrent d'accord pour éluder la loi.

Sous le Directoire.

Le retour du numéraire et de meilleures récoltes permirent au gouvernement directorial d'abolir une partie des prohibitions de la Convention et d'adoucir ses mesures coërcitives. Les conseils législatifs déclarèrent la circulation des grains entièrement libre dans l'intérieur, prononcèrent des peines contre toute personne convaincue d'y avoir porté atteinte, et substituèrent, pour les marchands de blé, l'obligation simple de se munir d'une patente à d'autres obligations plus assujétissantes pour eux (1).

Sous le Consulat et sous l'Empire.

Le gouvernement consulaire continua à protéger la liberté du commerce des grains, même au milieu des embarras causés par la cherté progressive des années 1801, 1802 et 1803. L'abondance des années suivantes, qui furent les premières de l'Empire, rendit à ce commerce la plénitude de sa liberté ; mais la funeste récolte de 1811 ramena le gouvernement vers les mesures de contrainte et de prohibition. L'empereur, par un premier décret du 4 mai 1812, « voulant, disait-il,

(1) Loi du 21 prairial an V (9 juin 1797).

» empêcher que l'intérêt personnel des spéculateurs ne
» donnât aux blés une valeur factice », ordonna que leur
libre circulation serait protégée dans toute la France,
mais que personne ne pourrait faire au marché des
achats de grains ou farines pour un autre département
que publiquement, et après en avoir fait la déclara-
ration au préfet ou au sous-préfet. Il défendit, à qui
que ce fût, de former aucun approvisionnement de
cette nature pour le garder et en faire un objet de
spéculation, et assujettit conséquemment tous les possesseurs de grains, fermiers, propriétaires et autres,
à les déclarer et à les conduire successivement dans
les marchés qui leur seraient indiqués. Enfin, par une
dernière disposition, il prohiba toute vente et tout
achat de blés hors des marchés. Plusieurs de ces dispositions, renouvelées de celles de la Convention, n'en
différaient que par une pénalité plus douce contre les
infractions. Peut-être n'est-il pas possible d'imaginer
de meilleures mesures que cette suspension des libertés
établies quand on s'est laissé prévenir par les difficultés. C'est dans les temps calmes qu'il faut prévoir les
orages et se prémunir contre eux ; mais la France a
toujours vu ses gouvernemens oublier aussi vite que
les particuliers les maux de la disette dès que l'abondance a reparu. On ne prévoit point le retour du mal
dont on est délivré, et l'on se repose dans le bien-être
comme s'il ne devait point avoir de terme.

L'empereur ne se borna point aux mesures de police
que nous venons de rapporter ; quatre jours après, le
8 mai, il imita la Convention et Philippe-le-Bel, en
fixant un prix au blé, sans y être amené comme eux par

la dépréciation du signe monétaire. « Ces mesures
» salutaires, disait-il (celles prescrites par le décret
» du 4), ne suffisent pas pour remplir l'objet principal
» que nous avons eu en vue, qui est d'empêcher un
» surhaussement tel que le prix des subsistances ne
» serait plus à la portée de toutes les classes de ci-
» toyens », et, s'autorisant ensuite de l'engagement,
réel ou supposé, (car on sait qu'il était peu scrupuleux
sur ce point) , qu'auraient pris les propriétaires, fermiers et marchands de six départemens centraux de
l'Empire, d'approvisionner les marchés au prix de 33 fr.
l'hectolitre de froment, il adopta ce prix pour régula-
teur de celui des grains dans tout l'Empire, et chargea
les autorités de tenir la main à ce que nulle part le blé
ne se vendît au-dessus de ce prix, si ce n'est dans les
départemens qui, tirant de loin leur approvisionnement, auraient à y ajouter les frais du transport et
le bénéfice du commerçant. Il paraît que l'auteur de
cette loi passagère en prévit lui-même l'inobservation,
car il ne prononça aucune peine contre son infraction.
Elle devait être éludée comme toutes les lois d'exception aux principes naturels, et elle le fut ; des amendes,
des punitions auraient aggravé sans fruit cet acte arbitraire ; elles n'auraient point été infligées, ou auraient été remises aux infracteurs ; de tels délits sont
toujours graciables après le danger. L'empereur par-
tait alors pour sa fatale entreprise sur la Russie ; il
n'avait voulu que laisser derrière lui un témoignage
de sa sollicitude pour les besoins du peuple, et tout à
la fois de son impuissance à corriger, disait-il, les
décrets de la Providence.

2° LOIS SUR L'EXPORTATION ET L'IMPORTATION.

Avant et depuis la Restauration.

Jusqu'à l'époque du Consulat le commerce des
grains fut renfermé dans l'intérieur ; l'introduction des
blés étrangers, habituellement peu considérable, était
demeurée tacitement autorisée, en vertu d'une longue
coutume qui avait fait trouver dans cette tolérance
plus d'avantages que d'inconvéniens ; mais l'*exportation* de nos grains avait été suspendue de fait et de
droit depuis 1790. Vers ce temps le gouvernement
l'autorisa de nouveau quand le prix de l'hectolitre de
blé, relevé sur dix marchés, ne s'élevait pas à un taux
commun ; ce taux fut fixé à 16 fr. pour l'ouest et le
nord de la France, et à 20 fr. pour le midi, en 1804,
année doublement signalée par une abondante moisson
et par l'érection du trône impérial. Les récoltes suivantes, également heureuses, furent présentées au
peuple comme une approbation du ciel à la nouvelle
puissance, et fournirent à celle-ci un moyen de plus
de s'attacher les propriétaires du sol, en ouvrant plus
largement les ports à l'*exportation* des blés. En 1806,
cette *exportation* fut autorisée tant que leur valeur ne
s'élèverait pas au taux commun de 24 fr. l'hectolitre.
A la vérité, on imposa des droits à la sortie pour
la modérer. Ces droits montaient progressivement de
2 fr. quand le prix du froment était au-dessous de
18 fr. à 8 fr. quand il était à 23 fr. L'intérêt privé
vint, à l'une et à l'autre époque, corrompre ce que ces
exportations pouvaient avoir de salutaire ; quoiqu'assises sur une base générale, elles devinrent l'objet

d'autorisations partielles dont il se fit un trafic scan-
daleux. Nos blés s'écoulèrent au dehors jusqu'en 1810.
Leur *exportation* fut alors interrompue; elle fut r'ouverte par Louis XVIII, en 1814.

A cette époque, la restauration ne sembla pas moins
favorisée par le ciel que ne l'avait été l'établissement
de l'Empire en 1804; la moisson excéda les besoins de
l'année. Sans attendre la délibération des Chambres
à peine constituées, le roi « ayant reconnu (est-il
» dit dans une ordonnance du 26 juillet), que les
» grains restant des récoltes précédentes, et ceux de
» la récolte actuelle, sont tellement abondans qu'il est
» urgent de permettre l'*exportation* du superflu des
» approvisionnemens de la France, ce moyen étant le
» seul qui puisse favoriser la reproduction, encourager
» l'agriculture et faire cesser l'état de gêne où sont
» réduits les propriétaires et les fermiers par défaut
» de vente de leurs grains » autorisa provisoirement
l'*exportation* des grains, farines et légumes par les
ports et frontières du royaume, sans la limiter par
aucune disposition accessoire. Quelques mois après,
une loi expresse confirma cette autorisation provisoire,
la rendit définitive et permanente, laissant l'exportation constamment ouverte tant que le prix du froment
ne s'élèverait pas au-delà de 19 fr., 21 fr. et 23 fr.
l'hectolitre, dans les départemens frontières, divisés pour
cela en trois classes. Les grains exportés ne furent
assujettis par cette loi qu'au simple droit de balance.

Cette loi est celle du 2 décembre 1814; elle est le
fondement de la législation actuellement en vigueur
sur le *commerce extérieur*.

On s'était trop pressé d'ouvrir les ports de sortie à l'excédant présumé des récoltes; cet excédant n'était point aussi considérable qu'on l'avait persuadé au gouvernement ; les années 1812 et 1813 en avaient laissé un très-faible, que l'envahissement de la France par quatre grandes armées avait encore diminué. On ne tarda point à s'apercevoir que ce n'était pas seulement le superflu des grains qui s'était écoulé au dehors. Mais le gouvernement avait moins eu pour objet l'intérêt public que l'intérêt du trône nouvellement rétabli ; il avait voulu rallier les propriétaires du sol à l'ancienne dynastie, qui avait tout à conquérir ou à regagner sur les cœurs et les esprits dont elle était ou ignorée ou oubliée. C'était le même motif qu'à l'avénement de Napoléon au trône impérial. La seconde invasion des armées alliées, en 1815, en accroissant les consommations, accrut le vide causé par les *exportations*. Le roi, par une simple ordonnance du 3 août, suspendit l'exécution de la loi du 2 décembre 1814, que déjà l'empereur avait arrêtée pendant les Cent jours (1).

---

(1) Voici le préambule de cette ordonnance :

« L'intérêt de l'agriculture et du commerce nous a fait d'abord désirer » de faire cesser cette prohibition et de remettre immédiatement en vi-» gueur le régime libéral établi par la loi précitée. Mais, considérant que » la consommation extraordinaire de grains, farines, légumes, fourrages » et bestiaux à laquelle donne lieu la présence des armées alliées sur le » territoire français, exige l'emploi de toutes les ressources de notre » royaume; considérant pareillement que les résultats de la récolte des » grains, légumes et fourrages ne pourront être connus que dans quel-» ques mois, ces puissans motifs nous déterminent à ajourner momenta-« nément l'exécution de la loi du 2 décembre dernier. »

L'exportation avait été excessive (1); il fallut bientôt aller redemander aux étrangers ce que nous leur avions vendu, et le leur payer plus cher. Le ministre (2), en proposant aux chambres la loi du 2 décembre, avait fait remarquer « que les mauvaises récoltes étaient assez » rares pour rassurer contre les dangers de *l'exporta-* » *tion*, puisque dans un espace de trente-trois ans, de » 1756 à 1788, on n'en comptait que deux. » Mais ce n'était pas une raison de se persuader que le retour en serait très-éloigné, et deux ans seulement après, les pluies désastreuses de 1816, en détruisant les moissons, replacèrent la France dans les embarras qui avaient suivi celle de 1811. Pour prévenir les soulèvemens populaires prêts à éclater de toutes parts, non-seulement *l'exportation* demeura suspendue et *l'importation* permise comme dans tous les temps, mais encore le gouvernement encouragea celle-ci par des primes (3). Elles attirèrent successivement dans nos ports les blés des par-

---

(1) Elle s'éleva dans les six derniers mois de 1814 à 1,421,809 quintaux métriques, et à 757,314 dans les sept premiers mois de 1815 ; quantités peu considérables si on les compare à l'importance de la consommation générale du royaume, mais supérieures de beaucoup à toute autre *exportation* de grains, faite dans le même espace de temps, pendant les treize années précédentes, même celle du commencement de l'Empire, et supérieure aussi aux *exportations* annuelles antérieures à 1789, déduction faite des expéditions de farines pour nos colonies.

(2) M. l'abbé de Montesquiou.

(3) Ordonnance du 22 novembre 1816, qui promet 5 fr. par quintal métrique de froment, grains ou farines, d'origine étrangère, et des primes moindres pour les autres espèces de blés, importés depuis le 15 décembre suivant jusqu'au 1er septembre 1817. Ce terme fut prorogé. Ces primes étaient allouées aux négocians étrangers comme aux nationaux.

ties les plus éloignées de l'Europe, ainsi que de l'Amérique septentrionale ; le nombre et la continuité de ces expéditions, même après la suppression des primes, excédèrent de beaucoup les besoins (1) et donnèrent naissance à un mal contraire à celui auquel on avait voulu remédier. Après l'heureuse récolte de 1818 les blés indigènes ne trouvèrent plus leur écoulement accoutumé, leur valeur s'avilit, l'agriculteur perdit le prix de ses travaux et ne recouvra pas même ses avances ; la culture et le commerce en souffrirent. Il devint urgent d'opposer une digue à cette affluence ; ce fut l'objet de la loi du 16 juillet 1819, la première qui ait mis des conditions restrictives à *l'importation* des blés en France.

Ces conditions furent modelées sur celles établies par la loi du 2 décembre 1814, pour leur *exportation*, et assises sur les mêmes bases (2). Les moyens répressifs de *l'importation* étaient, indépendamment d'un droit permanent sur les grains étrangers, l'imposition de droits supplémentaires gradués en raison inverse du prix des blés indigènes, c'est-à-dire d'autant plus forts que ce prix serait faible, et la prohibition absolue de toute introduction de blés exotiques quand les fromens français seraient tombés au dessous de 20, 18 et 16 fr., dans les trois classes des départemens frontières où leur exportation était interdite lorsqu'ils s'élevaient à 23, 21 et 19 fr. Nous exposerons plus amplement les dispositions de ces deux lois dans la seconde

---

(1) Les registres des douanes constatèrent l'entrée de 2,996,557 quintaux métriques de grains et farines pendant ces deux années.

(2) Le ministre de l'intérieur de cette époque, était M. Decazes.

partie de cet écrit ; il ne s'agit ici que des causes qui les ont amenées.

L'agriculture ne tarda pas à ressentir les effets salutaires de la loi nouvelle ; l'affluence des blés exotiques dans nos ports diminua ; les grains indigènes recouvrèrent une partie de leur valeur nécessaire ; mais la digue opposée à l'irruption des premiers ne tarda pas à être surmontée. Marseille, but principal des expéditions de la mer Noire, vers lequel le duc de Richelieu, premier ministre, avait d'abord appelé, dans l'intérêt des deux pays, les blés de la Russie méridionale, dont il avait été autrefois gouverneur, continua de voir arriver sans interruption des convois de blé de ces provinces éloignées, contre l'introduction desquels la loi était sans force, parce que, même en acquittant tous les droits qu'elle avait imposés, ces blés se vendaient encore, avec profit pour les chargeurs, au dessous du prix des blés que les départemens du haut de la Saône, ceux de la Bretagne, du Poitou et du Languedoc étaient dans l'habitude de diriger sur Marseille, d'où ils se répandaient dans toute la Provence et les pays voisins. Cet écoulement naturel de nos blés s'arrêta de nouveau ; la meunerie de Paris aussi ne trouva plus d'avantages à envoyer ses farines à Lyon, à Avignon et à Marseille ; les plaintes des propriétaires et des commerçans se renouvelèrent ; le gouvernement les écouta ; la loi sur les douanes, du 7 juin 1820, augmenta les droits sur les blés étrangers ; mais cet accroissement n'éleva pas encore la barrière assez haut. Le peu de valeur des blés russes dans les lieux de leur production était tel, malgré leur qualité très-supérieure à celle des nôtres, qu'arrivés dans nos ports, leur prix se composait presqu'entièrement des frais de leur transport, et restait encore assez inférieur à celui de nos grains pour supporter non-seulement, comme nous l'avons dit, les droits d'entrée, mais encore les frais d'un second transport de nos ports de la Méditerranée dans ceux de l'Océan, quand ils ne pouvaient être vendus dans les premiers. Un mémoire, signé par des députés de cinquante-trois départemens, représenta au gouvernement les dommages immenses que ressentait partout notre agriculture de cette concurrence. On y demandait la prohibition absolue de toute importation de grains en France (1). La ville de Marseille, plus intéressée qu'aucune autre dans la question, à raison de son commerce d'échange avec les ports russes de la mer Noire, opposa des calculs à quelques-unes des assertions de ce mémoire; elle en combattit les conclusions, et demanda formellement le maintien des lois établies (2). Ces réclamations, ce débat nécessitaient une révision de ces lois: ils amenèrent celle du 4 juillet 1821, qui régit aujourd'hui le *commerce extérieur* des grains.

Cette dernière loi fut presqu'entièrement l'œuvre des Chambres, composées en majeure partie de propriétaires fonciers, dont la loi de 1819 n'avait pas rempli les espérances. Le gouvernement, par l'organe du ministre de l'intérieur (3), avait cru suffisant, pour remédier au mal, de proposer seulement quelques modi-

(1) Mémoire sur la nécessité de modifier la législation sur les grains.
(2) Délibération du conseil municipal de Marseille, du 11 avril 1821.
(3) M. Siméon.

fications au classement des départemens, et la substitution de quelques marchés régulateurs à d'autres ; mais la Chambre des députés ne se contenta pas de ces amendemens de détail ; elle toucha aux limites même posées par la loi de 1814 à l'exportation, et par celle de 1819 à l'importation ; elle éleva de 2 fr. par hectolitre les prix limitatifs de l'une et de l'autre, et divisa en quatre classes, au lieu de trois, les départemens frontières. Ces importantes modifications arrêtèrent enfin la surabondance des produits étrangers, r'ouvrirent à ceux de notre sol leur cours habituel, et relevèrent momentanément leur valeur avilie. C'est sous l'empire de ces dernières dispositions que le commerce des blés est placé depuis dix années ; les six premières ont été assez abondantes pour tenir à peu près en équilibre les besoins et les ressources habituelles du dedans et du dehors ; les quatre dernières ont dérangé fortement cette balance, forcé l'administration de recourir à des moyens extraordinaires pour rétablir son égalité, et d'avouer, en septembre dernier, comme nous l'avons dit, l'insuffisance et le défaut de la législation actuelle.

Après en avoir tracé l'historique nous allons exposer textuellement ses dispositions, comparer ses effets à son but et à ses moyens, et indiquer quelques-unes des questions qu'elle semble laisser à résoudre.

Analyse

DES LOIS ACTUELLES SUR LES GRAINS.

———

1° LOIS SUR LE COMMERCE INTÉRIEUR.

(Décret du 29 août 1789 et 1er article de celui du 18 septembre suivant, sanctionnés le 21.)

Art. 1er. « La vente et circulation des grains et farines seront » libres dans toute l'étendue du royaume.

Art. 2. » Ceux qui feront transporter des grains ou farines » par mer, seront tenus de faire leur déclaration exacte devant » la municipalité du lieu du départ et du chargement, et de » justifier de leur arrivée et de leur déchargement au lieu de » leur destination par un certificat de la municipalité desdits » lieux.

Art. 3. » L'exportation est et demeurera provisoirement sus- » pendue. »

———

Art. 1er « Toute exportation de grains et farines à l'étranger » et toute opposition à leur vente et libre circulation dans l'in- » térieur du royaume, seront considérées comme des attentats » contre la sûreté et la sécurité du peuple : en conséquence » ceux qui s'en rendront coupables seront poursuivis extraor- » dinairement devant les juges ordinaires des lieux, comme » perturbateurs de l'ordre public. »

Ces deux lois fondamentales du commerce des blés dans l'intérieur, s'analysent en deux mots : *liberté ab-solue*, car l'obligation de déclarer le départ et l'arrivée

des grains expédiés par mer d'un port français à un
autre port du royaume n'était point un empêchement,
mais une précaution contre l'exportation à l'étranger,
que la modicité de la récolte de 1789 forçait le légis-
lateur de suspendre provisoirement.

Avec cette liberté sans limite, des routes, des ca-
naux et des entrepôts francs et protégés par les lois,
les grains s'écouleraient, pour ainsi dire, d'eux-mêmes
des provinces fertiles vers celles qui ne le sont pas ;
leur prix se nivellerait et ne différerait sur les différens
points du territoire que des frais de leur transport. Les
fondateurs de cette liberté semblent avoir attendu
d'elle seule tous ces biens ; ils crurent, à ce qu'il paraît, qu'aidée de la liberté habituelle d'importation,
elle répandrait partout des ressources suffisantes et sa-
tisferait dans tous les temps à tous les besoins, puisqu'ils ne statuèrent rien pour les temps difficiles.
Cependant, quand de mauvaises récoltes réduiront la
masse des subsistances communes au-dessous de la proportion dans laquelle tous ont besoin d'y participer ;
lorsque la guerre ou d'autres causes priveront le pays
des secours étrangers, le droit de vendre et d'acheter
librement suffira-t-il pour répartir entre tous les produits du sol ? Non ; l'Assemblée constituante aurait pu
le prévoir, d'autant plus aisément que pendant toute
sa durée les subsistances ont été rares. Dans les disettes,
les grains, loin de se répandre, se resserrent ; ils ne
vont plus au devant des besoins ; leurs détenteurs at-
tendent les demandes ; la rareté fait la hausse, et trop
souvent la cupidité des possesseurs accroît le malheur
public. Qu'est-ce que le droit d'acheter librement à

côté du droit de ne pas vendre? Le propriétaire de grains, cultivateur ou marchand, mais principalement ce dernier, doit certainement alors être soumis à des devoirs envers la société entière, car ce droit de propriété, tout sacré qu'il est, ne peut aller jusqu'à nuire. Le principe de ces devoirs doit donc être posé explicitement, et les obligations qui en dérivent réglées par une loi stable. Celles que la Convention et l'Empire ont faites dans de telles circonstances, sont toutes plus ou moins arbitraires, faciles à éluder, et inexécutables sans violence; elles ont passé avec l'événement. Les malheurs extrêmes sont impérieux; le retour de ceux de 1794, de 1801, de 1811, de 1816 pourrait ramener les mêmes mesures; la prévoyance des législateurs peut en préserver l'avenir. Le droit de propriété qui consiste, dit-on, à user et abuser, le droit de commercer librement, c'est-à-dire de vendre quand on veut, où l'on veut et au prix qu'on veut, ne peuvent être, à l'égard des subsistances, aussi absolus dans les temps de pénurie qu'à l'égard de tous les autres objets de commerce. Si la liberté, si la propriété peuvent être restreintes dans certains cas pour le salut commun, il faut que la loi le déclare; il faut que ces restrictions soient prévues, connues de tous, que tous y soient accoutumés, plutôt que d'en frapper subitement les esprits au milieu de circonstances plus propres à les irriter qu'à les soumettre. Objecterait-on qu'aucune autre nation peut-être n'a porté jusques-là la prévoyance? Nous répondrions que c'est un bon exemple à donner.

Dans cette hypothèse, afin de lier tout le système de

lois, les obligations à imposer aux possesseurs de blés devraient, ce semble, avoir pour point de départ les plus hautes bornes mises à l'exportation des grains, c'est-à-dire que les unes commenceraient quand celle-ci serait parvenue aux termes où elle est prohibée. Les blés étrangers importés dans nos ports ne pénètrent que lentement dans l'intérieur du royaume, les provinces du centre en éprouvent rarement du soulagement, et c'est toujours parmi elles que les premiers symptômes des maux de la disette se manifestent. Mais l'objet de cet écrit est moins de proposer des vues que d'en faire naître, en exposant les défauts et les mérites de notre législation.

2° LOIS SUR LE COMMERCE EXTÉRIEUR.

Exportation (loi du 2 décembre 1814.)

Le but de la loi du 2 décembre 1814, fut, comme nous l'avons dit, de servir les intérêts des propriétaires ruraux, en ouvrant dans tous les temps une issue à l'excédant du produit des moissons sur les besoins de l'année. Voici les dispositions textuelles de cette loi, et les motifs de chacune d'elles :

Art. 1er « L'*exportation* des grains, farines et légumes, pro-
» visoirement permise par l'ordonnance du 26 juillet dernier
» reste définitivement autorisée aux conditions et sous les ré-
» serves exprimées dans les articles suivans.

Art. 2. » Pour cette exportation, les départemens frontières
» de la France seront partagés en trois classes : Dans la pre-
» mière, seront compris les départemens où les grains sont

» habituellement *plus chers* que dans le reste du royaume *;*
» dans la seconde, ceux où ils se maintiennent *à un prix moyen;*
» et dans la dernière classe, ceux où ils sont ordinairement au
» prix le *moins élevé.* »

Cette distinction était nouvelle et sagement imaginée; une ordonnance du 18 décembre classa en conséquence les trente-neuf départemens qui formaient alors nos frontières, ainsi qu'il suit :

« Doubs, Jura, Ain, *Mont-Blanc* (1), Isère,
» Hautes-Alpes, Basses-Alpes, Var, Bouches-du-
» Rhône, Gard, Hérault, Aude, Pyrénées-Orien-   } 1ʳᵉ classe.
» tales, Arriége, Haute-Garonne, Hautes-Pyrénées,
» Basses-Pyrénées, Landes et Gironde.

» Charente-Inférieure, Vendée, Loire-Infé-
» rieure, Calvados, Eure, Seine-Inférieure, Som-   } 2ᵉ classe.
» me, Pas-de-Calais, Nord, Bas-Rhin et Haut-
» Rhin.

» Morbihan, Finistère, Côtes-du-Nord, Ille-et-
» Vilaine, Manche, Aisne, Ardennes, Meuse et   } 3ᵉ classe.
» Moselle. »

La même ordonnance désigna les ports et bureaux de douane par lesquels les grains pourraient être exportés.

Cette classification a été un peu modifiée par la loi du 4 juillet 1821, comme nous le verrons plus loin. Sa justesse, par rapport à la règle de classement posée dans l'article 2 ci-dessus, est une des premières ques-

(1) Ce département n'est plus à la France.

tions à examiner. Les tableaux du prix du blé depuis 1819, placés à la fin de cet ouvrage, aideront à cet examen.

Art. 3. « Les grains, farines et légumes, à la sortie de France, » ne seront assujettis qu'au simple droit de balance.

Art. 4. » L'*exportation* des grains, farines et légumes sera » suspendue dans chaque département frontière lorsque le blé » froment y aura atteint le prix de 23 fr. l'hectolitre pour la » première classe, de 21 fr. pour la deuxième, et 19 fr. pour » la troisième. »

Le gouvernement avait proposé de limiter l'exportation, franche de tout *droit* autre que celui de balance, à 21, 19 et 17 fr., et d'augmenter ces prix, quand ils seraient atteints, d'un droit de 1 fr. 50 cent. sur les blés exportés, de manière à arrêter entièrement la sortie des blés à 23 fr., 21 fr. et 19 fr. Les seigles, orges, avoines et maïs et les légumes devaient, dans ce cas, payer moitié de ce droit, dont le produit entier aurait été employé en encouragemens et en travaux utiles aux progrès de l'agriculture ; mais les Chambres, pour donner plus d'extension à l'exportation, préférèrent de fixer à 2 fr. de plus par hectolitre de froment le prix limitatif de l'*exportation*. Cette limite a été, depuis, élevée encore plus haut par la loi du 4 juillet 1821. Les tableaux déjà indiqués serviront à juger, d'après l'expérience, laquelle des deux limites successivement adoptées par les Chambres, ou de celle qui leur avait été proposée par le ministère, est la plus exacte, c'est-à-dire quelle est celle qui approche le plus de la valeur habituelle des blés dans chaque classe de départemens.

C'était, au surplus, prendre pour règle de l'*exportation* la mesure la plus naturelle et la moins trompeuse, que d'ouvrir et de fermer les ports selon la valeur des blés indigènes, puisque cette valeur croît ou décroît selon l'abondance ou la rareté des produits du sol. Sous quelques-uns de nos rois, l'exportation des grains avait quelquefois été permise jusqu'à une certaine quantité, arbitrairement déterminée d'après des recensemens trop peu certains; d'autres fois cette exportation avait été ouverte pendant un certain nombre de mois, sans combinaison avec les prix, mais plusieurs fois aussi le gouvernement avait pris la valeur des blés pour règle des autorisations de sortie, générale ou particulière à certaines provinces, qu'il accordait. Nous avons vu qu'à des époques moins éloignées, mais antérieures à 1814, le gouvernement impérial avait mis pour borne à la sortie du blé, savoir : en 1804, le prix de 20 fr. l'hectolitre dans le midi et 16 fr. dans le nord, et, en 1806, celui de 20 fr. à 24 fr., mais grevé d'un droit de sortie progressif depuis le prix de 18 fr.

Les prix limitatifs proposés aux Chambres en 1814 par le ministère de Louis XVIII, ressortaient d'un travail fait par celui de l'empereur, en 1810, pour déterminer le rapport exact du prix du pain au prix du blé, ce qui est une présomption favorable de leur justesse pour cette époque; mais, depuis lors, l'extension que la culture des céréales et de leurs succédanées a reçue par suite des disettes de 1811 et de 1816, celle qu'a acquise l'industrie manufacturière, et l'augmentation des salaires qui en a été la suite, ont dû déranger la proportion trouvée en 1810 entre le prix du blé et celui du pain.

Nous n'avons point le relevé des prix courans mensuels du blé dans chaque classe des départemens pendant la durée de l'*exportation* permise par la loi du 2 décembre, mais nous devons faire remarquer que le taux moyen des trois prix à la hauteur desquels elle devait être suspendue est 21 fr., et que lorsque cette suspension, déjà prononcée par l'empereur dès le mois d'avril 1815, fut confirmée par le Roi le 3 août suivant, le prix moyen du froment dans l'intérieur ne pouvait avoir encore atteint cette limite extrême, puisque celui de toute l'année 1815 ne s'éleva qu'à 19 fr. 53 cent. A la vérité, ce prix commun général ne se compose pas seulement de ceux des départemens frontières, il comprend aussi ceux du centre où les blés sont ordinairement moins chers, mais aussi il s'étend à l'année entière, c'est-à-dire que les prix des cinq derniers mois ont dû se ressentir de la modicité commune de la récolte de cette année et de l'accroissement de consommation causé par le retour des armées alliées. Il faudrait, ce semble, conclure de ce fait que, quoique les prix limitatifs de l'exportation la resserrassent alors plus qu'elle ne l'est actuellement, depuis la loi de 1821, ces prix avaient été fixés trop haut. On n'a point tenu compte de cette épreuve dans la discussion des lois postérieures.

Art. 5. « La suspension ne sera levée que lorsque les prix » seront redescendus au dessous des limites fixées dans l'article » précédent, et d'après un ordre de notre ministre secrétaire- » d'état de l'intérieur. »

Nous venons de voir comment il a été dérogé à cette disposition.

Art. 6. « Le prix moyen du blé froment qui doit servir de
» règle dans chaque département frontière pour l'exportation
» et la prohibition de sortie, sera établi et publié une fois par
» semaine, par les soins et à la diligence des préfets, qui pren-
» dront pour base le prix moyen des dernières mercuriales des
» trois principaux marchés de leurs départemens.

Art. 7. » Le choix des trois marchés principaux de chaque
» département de la frontière sera proposé par les préfets au
» directeur-général de l'agriculture et du commerce, et ap-
» prouvé par le ministre secrétaire-d'état de l'intérieur. »

Les dispositions de ces deux articles ont été chan-
gées par la loi du 16 juillet 1819, que nous verrons
ci-après :

Art. 8. « Un réglement administratif déterminera la classe
» dans laquelle chacun des départemens frontières sera placé,
» et désignera les ports et les bureaux de douane par lesquels
» la sortie sera permise. »

Nous avons indiqué ci-dessus cette classification, à
la suite de l'article 2.

Art. 9 et dernier. « Il n'est point dérogé aux lois relatives à
» l'*importation* en France des grains, farines et légumes prove-
» nant de l'étranger, et à la circulation des subsistances dans
» l'intérieur. »

Cet article, qui maintient la liberté d'*importation* des
grains étrangers, sembleroit être une inconséquence
dans une loi dont l'objet est de favoriser l'exportation
des blés indigènes ; mais, dit avec raison le ministre

en présentant cette loi : « la France est vaste ; une de
» ses provinces a fréquemment des besoins quand une
» autre est dans l'abondance ou que le niveau ne s'éta-
» blit pas facilement entr'elles. Ses blés, qui descendent
» les rivières lentement et à grands frais, remonte-
» raient au besoin avec bien plus de peine ; il n'est pas
» toujours certain qu'une extrémité du royaume puisse
» secourir l'autre assez promptement et assez économi-
» quement. Cependant il s'agit de subsistances ; celui
» qui en manque ne peut attendre, et quand il en voit
» à bon compte et pour ainsi dire à sa porte, chez
» l'étranger, il ne peut être justement condamné à se
» nourrir de préférence des blés de ses compatriotes
» s'ils sont plus éloignés. Ainsi, tandis que les grains
» de la Bretagne se vendront aux Espagnols et aux
» Portugais, l'Italie et l'Afrique pourront approvi-
» sionner Marseille avec plus de convenance. »

Telle était la législation à laquelle l'*exportation* des
grains fut soumise jusqu'à la loi du 16 juillet 1819, ou
plutôt jusqu'à celle du 4 juillet 1821 qui la modifia dans
plusieurs dispositions essentielles. On a vu, dans la
partie historique, quels furent ses effets et quelles furent aussi les causes qui amenèrent la nécessité de ces
deux dernières lois contre l'importation. Nous allons
passer successivement à l'analyse de celles-ci.

Importation (loi du 4 juillet 1829.)

Article 1er. « Le droit permanent de 50 cent. par quintal mé-
» trique, établi par la loi du 28 avril 1816, sur les grains et
» farines importés de l'étranger, est converti en un droit éga-

3

» lement permanent, de 1 fr. 25 cent. par hectolitre de grains,
» et de 2 fr. 5o cent. par quintal métrique de farine.

» Ce droit sera réduit à 25 cent. par hectolitre de grains, et
» à 5o cent. par quintal métrique de farine, lorsque l'importa-
» tion aura lieu par navire français.

Art. 2. » Lorsque le prix des blés fromens indigènes sera des-
» cendu (1) au taux de 23 fr. dans les départemens compris dans
» la première classe, établie par l'ordonnance du 14 décembre
» 1814, rendue en exécution de la loi du 2 décembre même
» année, à celui de 21 fr. dans les départemens compris dans la
» deuxième classe, et à celui de 19 fr. dans les départemens
» compris dans la troisième, les blés fromens étrangers, impor-
» tés dans ces départemens, paieront, indépendamment du
» droit permanent, un droit supplémentaire de 1 fr. par hec-
» tolitre, sans distinction de pavillon. »

Voilà le premier point de connexion entre la loi sur
l'importation et la loi sur *l'exportation*; elles partent
des mêmes limites.

Art. 3. « Lorsque le prix des blés fromens indigènes sera
» descendu au dessous des taux mentionnés dans l'article pré-
» cédent, chaque franc de diminution donnera lieu, indépen-
» damment du droit permanent et du droit supplémentaire réglé
» par l'art. 2, à un nouveau droit supplémentaire de 1 fr. par
» hectolitre, et également sans distinction de pavillon.

Art. 4. » Dans les cas prévus par les art. 2 et 3, le quintal
» métrique de farine venant de l'étranger, paiera, indépen-
» damment du droit permanent, le triple des droits supplémen-
» taires imposés sur l'hectolitre de grains. »

---

(1) Cette expression *sera descendu*, ferait croire qu'à la date de cette
loi le prix des blés indigènes avait dépassé, dans les trois arrondissemens 23 fr., 21 fr. et 19 fr., fixés, en 1814, pour limites de l'exportation. Ce
serait une erreur. Ce fut, au contraire, pour relever à cette hauteur leur
valeur avilie que cette loi fut rendue.

Quelques membres de la commission ministérielle qui rédigea le projet de cette loi, avaient été d'avis de frapper nettement d'interdiction les blés étrangers, quand le prix des nôtres restait au-dessous des limites de l'exportation ; l'intérêt du fisc leur paraissait très-secondaire ou même nul dans la question, et celui de l'agriculture le seul à prendre en considération (1). La

(1) Le rapporteur même de cette commission (M. le baron Pasquier) terminait ainsi son rapport : « Plus votre rapporteur a creusé cette ma-
» tière, plus il lui a semblé que le système des droits proportionnels sur
» l'importation des blés entraînait dans l'exécution des difficultés graves.
» Il inclinerait fortement à croire que le système d'une défense franche et
» nette de toute importation des grains et farines, lorsque le blé fro-
» ment est descendu au taux fixé par la loi du 2 décembre 1814, serait
» de beaucoup préférable. Il a été confirmé dans cette opinion par une
» note de M. Gautier, qui lui a été remise par M. le ministre de la ma-
» rine, et dont sans doute la commission voudra prendre connais-
» sance. »

Voici un extrait de la note dont il s'agit : « Sous le rapport de l'inté-
» rêt fiscal, c'est moins ici le fisc que l'agriculture qu'il s'agit de servir,
» et même ce n'est point du tout le fisc ; les droits que l'on percevra à
» l'importation n'ajouteront guères au revenu public, et *n'empêcheront*
» *point la masse déjà trop considérable des blés étrangers de s'ac-*
» *croître encore au détriment du colon et du territoire*, à moins qu'on
» ne voulût établir des droits assez forts pour équivaloir à une prohibi-
» tion absolue ; mais, dans ce cas, le profit du trésor serait nul, et il se-
» rait plus digne du gouvernement de prononcer formellement cette
» prohibition.

» L'assertion suivante paraîtra peut-être téméraire, mais plusieurs
» années d'observation autorisent à penser qu'*excepté dans les années*
» *de disette réelle*, l'importation des blés étrangers est constamment
» plus nuisible qu'utile à la France. Elle empêche le développement du
» commerce des grains dans l'intérieur, la répartition des produits du
» sol entre les diverses provinces ; ce sont les importations de l'une à

3.

majorité se rangea à l'avis de M. le directeur général des douanes, et la commission adopta cette échelle de droits. Le ministre, en présentant aux chambres le projet de loi, justifia ainsi cette disposition financière : « C'est la perception d'un droit variable sur les blés » importés, qui doit mettre un terme aux abus de l'im- » portation, puisqu'elle tend à ramener toujours dans » nos ports les blés étrangers au prix que doivent avoir » les blés indigènes, pour que la vente et la culture » de ceux-ci ne souffrent pas de leur commerce. »

L'événement ne répondit pas à ce vœu. On a vu page 21, quelle excessive quantité de blés étrangers la graduation des droits permit d'introduire dans le commerce extérieur, et les dommages qui en résul-

---

» l'autre qu'il faudrait encourager, et ce serait faire beaucoup pour cela » que de les délivrer de la concurrence de l'étranger *quand il est re-* » *connu que, comme à présent, ces provinces peuvent se suffire entre* » *elles.* Il existe encore entre le prix des blés dans plusieurs départe- » mens des différences très-supérieures à la dépense du transport des » uns aux autres; les causes de cette inégalité, n'étant point dans la na- » ture, peuvent céder aux efforts de l'administration, et l'une d'elles est » la concurrence des blés du dehors avec ceux de notre sol sur plusieurs » de nos grands marchés.

» L'intérêt de l'agriculture, celui du commerce, celui du trésor, qui se » trouve toujours bien de l'aisance de l'une et de l'autre, semblent donc » se réunir en faveur de la suspension absolue de l'importation des blés » étrangers dans l'état actuel des choses, et toutes les fois que le prix du » blé national sera descendu à un degré au dessous du taux auquel l'ex- » portation de ce dernier est prohibée par la loi du 2 décembre. »

La commission était composée de MM. le baron Portal, ministre de la marine, président, baron Pasquier, comte Chaptal, Benjamin Deles-sert, François Durand et Ternaux, députés, Jean-Baptiste Say, pro-fesseur d'économie politique, et Gautier, administrateur des vivres.

tèrent. Les douanes auraient produit quelques centaines de mille francs de moins, mais la France n'aurait pas été inondée pendant deux ans de plus des grains de la mer Noire si ces grains n'avaient pu franchir ses ports tant que les blés du sol seraient restés au-dessous de 23 fr., 21 fr. et 19 fr. Le relevé des prix mensuels régulateurs, depuis la loi de 1819 jusqu'à la loi de 1821, prouve cette assertion; ces prix, dont les blés du dehors contrariaient sans cesse l'élévation, laissèrent presque constamment l'importation ouverte dans l'intervalle de ces deux années; ainsi se trouva malheureusement justifié l'avis de la minorité de la commission. Néanmoins, la dernière de ces lois a maintenu les droits de douanes en exhaussant les limites de l'importation.

Art. 5. « Lorsque le prix des blés fromens indigènes sera
» tombé au-dessous de 20 fr. dans les départemens compris
» dans la première classe établie par l'ordonnance du 14 dé-
» cembre 1814, au-dessous de 18 fr. dans les départemens de
» la deuxième classe, et au-dessous de 16 fr. dans les départe-
» mens de la troisième classe, toute introduction de blé et de
» farine de blés étrangers pour la consommation nationale, sera
» prohibée dans lesdits départemens. »

Cet article établit une latitude de 3 francs entre les limites extrêmes de l'exportation et celles de l'importation dans tous les départemens frontières indistinctement. Les auteurs de la loi jugèrent que le prix des blés indigènes pouvait parcourir cette latitude, en montant et en descendant, sans porter préjudice au producteur ni au consommateur. Là est une des questions principales à examiner. La loi de 1821, en fixant d'autres limites, a réduit de fait cette latitude commune à 2 fr., sans que le motif, ni même l'intention de cette réduction aient été expliqués ou indiqués dans la discussion de cette loi.

Art. 6. « Pour l'exécution des dispositions portées aux art. » 2, 3, 4 et 5, le ministre de l'intérieur fera dresser et arrêter » à la fin de chaque mois, un état des prix moyens des grains » vendus sur les marchés qui seront ci-après désignés. Cet état » sera publié au Bulletin des lois, le 1er de chaque mois; il ser- » vira pendant le mois de sa publication à percevoir, s'il y a » lieu, les droits supplémentaires établis par les art. 2, 3 et 4, » et à l'exécution de l'art. 5. »

Cet article est une modification de l'art. 6 de la loi du 2 décembre 1814.

Art. 7. « Pour l'établissement et l'application des prix moyens » mentionnés en l'article précédent, les départemens frontières » compris dans les trois classes déterminées par l'art. 2 de la loi » du 2 décembre 1814, et par l'ordonnance du 14 du même » mois, seront divisés en sections, conformément au tableau » annexé à la présente loi. »

Autre modification de la loi du 2 décembre.

Art. 8. « Il sera établi un prix moyen pour chacune de ces » sections; ce prix se réglera sur les mercuriales des deux pre- » miers marchés du mois courant, et du dernier marché du » mois précédent, ces mercuriales seront celles des marchés ré- » gulateurs indiqués pour chaque section sur le tableau annexé » à la présente loi. »

Ces marchés régulateurs furent-ils bien choisis (1)?

_____

(1) C'est l'auteur de cet écrit qui les désigna.

Cette question s'éleva dans les chambres de 1821 ; elles n'en changèrent que deux, et l'on est revenu depuis sur ce changement. Nous ramènerons l'attention sur cette question en rapportant la loi postérieure à celle-ci, de même que sur la question relative à la manière de déterminer les prix moyens mentionnés dans les articles 6 et 8.

Art. 9. « A l'avenir les prix moyens arrêtés et publiés con-
» formément à la présente loi serviront à régler la suspension
» de l'exportation dans les différentes sections indiquées au
» tableau qui y est annexé. Ils remplaceront ceux qui devaient
» être dressés en exécution des art. 6 et 7 de la loi du 2 dé-
» cembre 1814 , lesquels sont abrogés. »

Cette seconde abrogation d'un article de la loi sur l'exportation fait sentir autant que les renvois de celle-ci à l'autre la nécessité de les refondre ensemble et avec la loi de 1821.

Art. 10. « Les dispositions des art. 2, 3 et 4 de la présente
» loi seront applicables aux seigles, maïs, et aux farines de
» seigle et de maïs, lorsque le prix en sera descendu à 17 fr.
» l'hectolitre dans les départemens de la première classe; à
» 15 fr. dans les départemens de la deuxième classe; à 13 fr.
» dans les départemens de la troisième classe.

» Chaque franc de diminution dans ces prix donnera lieu
» aux droits supplémentaires établis par l'art. 3.

» La prohibition portée par l'art. 5 sera applicable aux sei-
» gles, maïs, et aux farines de seigle et de maïs, lorsque le
» prix de ces grains sera descendu audessous de 14 fr., dans
» les départemens de la première classe; au dessous de 12 fr.,
» dans les départemens de la deuxième ; au dessous de 10 fr.,
» dans les départemens de la troisième classe.

» Les mêmes dispositions des art. 2, 3, 4 et 5 pourront être

» étendues par des ordonnances royales à l'orge et aux grains
» non-dénommés ci-dessus. »

Quoique le projet de la loi du 2 décembre 1814
sur l'exportation comprît les blés secondaires, ils furent omis entièrement dans cette loi ; celle-ci répara
cette omission importante. Néanmoins, nous ne nous
sommes attachés dans le cours de cet écrit, comme dans
le relevé qui le termine des prix depuis 1829, qu'au prix
du froment; c'est à la valeur de ce blé que se propor-
tionne celle de toutes les autres céréales.

Art. 11. « Il n'est rien changé aux dispositions des lois et
» réglemens qui autorisent l'entrepôt réel des grains étran-
» gers dans les ports du royaume; cette autorisation est éten-
» due aux villes de Strasbourg, Sierck, Thionville, Charleville,
» Givet, Lille et Valenciennes.

» La réexportation des grains entreposés ne pourra, dans
» aucun cas, être gênée ni interdite sous quelque prétexte que
» ce soit. »

Le maintien du privilége des entrepôts réels et son
extension aux principaux points de la frontière de
terre, où l'on supposait qu'ils pourraient être établis
avec le plus d'avantages pour le commerce, avaient
pour but d'attirer sur ces points et dans nos ports ma-
ritimes les grains des pays de production éloignés, et
de les y faire emmagasiner comme en Angleterre et en
Hollande, jusqu'au moment où le renchérissement des
grains indigènes permettrait de les verser sur nos marchés. Ce vœu de la loi n'a encore eu que de faibles résultats. Ce n'est pas une raison pour revenir sur cette
disposition salutaire dans les temps de calamité ; mais
les conditions de son succès ne sont pas les mêmes en

France que dans ces deux pays. Les Hollandais, voi-
turiers de mer, ne récoltant jamais chez eux tout le
blé nécessaire à leur consommation, vont acheter de
bonne heure dans les ports de la Baltique, où descendent les blés de la Pologne et des autres pays agricoles,
les grains qui manquent à leur subsistance, et, de
plus, ceux qu'ils savent ou présument manquer à d'autres états; ils les entreposent chez eux jusqu'au moment favorable à la vente sur les marchés de la Hollande ou aux réexpéditions. Les Anglais, dont la si-
tuation géographique est si favorable aux mêmes spéculations, partagent ce trafic avec les Hollandais. Lorsque, comme chez nous, le prix des blés de leur sol
s'élève à la hauteur où l'introduction des blés étrangers est permise, les entrepôts s'écoulent facilement
dans l'intérieur par des moyens de transport plus nombreux et plus puissans que les nôtres. Une autre des
causes qui favorisent moins l'établissement de ces sortes
d'entrepôts en France qu'en Angleterre et en Hollande,
c'est la présomption que nos récoltes suffisent annuellement à nos besoins, et l'incertitude de vente qui en
est la conséquence. Peut-être, au reste, devrions-nous
redouter plus que souhaiter des entrepôts permanens
de blés étrangers dans nos ports et sur nos frontières.
Leur présence continuelle exercerait une fâcheuse influence sur la valeur de nos blés, et conséquemment
sur notre agriculture.

Art. 12. « Le gouvernement est autorisé à modifier dans
» l'intervalle des sessions le tableau annexé à la présente loi,
» sauf à faire approuver ces modifications à la première session
» qui suivra. »

TABLEAU

De la division en sections des trois classes de départemens
et des marchés régulateurs.

SECTIONS.		MARCHÉS régulateurs.
	DÉPARTEMENS DE LA 1re CLASSE.	
1re........	De la Gironde, des Landes, des Basses-Pyrénées, des Hautes-Pyrénées, de l'Arriége et de la Haute-Garonne.	Marans, Bordeaux, Toulouse.
2e.........	Des Pyrénées-Orientales, de l'Aude, de l'Hérault, du Gard, des Bouches-du-Rhône, du Var, des Basses-Alpes, des Hautes-Alpes, de l'Isère, de l'Ain, du Jura et du Doubs.	Toulouse. Marseille, Arles, Lyon.
	DÉPARTEMENS DE LA 2e CLASSE.	
1re........	Du Haut-Rhin et du Bas-Rhin.	Mulhausen, Strasbourg.
2e.........	Du Nord, du Pas-de-Calais, de la Somme, de la Seine-Inférieure, de l'Eure et du Calvados.	Bergues, Arras, Roye, Soissons, Paris, Rouen.
3e.........	De la Loire-Inférieure, de la Vendée et de la Charente-Inférieure.	Saumur, Nantes, Marans.
	DÉPARTEMENS DE LA 3e CLASSE.	
1re........	De la Moselle, de la Meuse, des Ardennes et de l'Aisne.	Metz, Verdun, Charleville, Soissons.
2e.........	De la Manche, d'Ille-et-Vilaine, des Côtes-du-Nord, du Finistère et du Morbihan.	Saint-Lô, Paimpol, Quimper, Hennebon, Nantes.

Importation et exportation (Loi du 4 juillet 1821.)

Nous avons dit, page 21, comment devint insuffisante
la loi de 1819 contre une importation excessive; voici
les dispositions de celle du 4 juillet 1821, dont le but

fut, non-seulement d'y mettre obstacle, mais encore d'imprimer constamment à toutes les céréales une plus haute valeur. Cette loi, comme la précédente, embrasse tout le commerce extérieur des blés, *l'importation* et *l'exportation.*

On se rappellera qu'elle fut presque en totalité l'ouvrage des Chambres. Le ministère n'avait proposé d'autre changement à la loi de 1819 que la division de la première classe des départemens en trois sections, au lieu de deux. L'importation étrangère lui avait paru compensée généralement, à 178,000 quintaux métriques près, par nos exportations. Il en concluait « que le mal » était purement local, que toute mesure générale se- » rait prématurée et imprudente, et que le changement » de quelques marchés régulateurs suffirait pour pro- » téger les départemens qui souffraient de la vileté du » prix. » La commission de la Chambre des députés ne partagea point cet avis. Elle proposa une mesure générale qu'elle crut plus efficace, l'élévation des prix limites, et fut secondée en cela par un grand nombre d'orateurs, tous députés des provinces les plus fertiles de la France.

Article 1er. « Les départemens frontières de la France, par- » tagés en trois classes pour l'exportation des grains en vertu de » la loi du 2 décembre 1814, seront divisés en quatre classes, » conformément au tableau ci-annexé.

Art. 2 « *L'exportation* des grains, farines et légumes, sera » suspendue dans chaque classe lorsque les blés fromens indi- » gènes y auront dépassé de 2 fr. le prix fixé par l'article suivant » comme limite pour *l'importation.*

Art. 3. « Lorsque le prix des blés fromens indigènes sera

» descendu au-dessous de 24 fr. dans les départemens de pre-
» mière classe, de 22 fr. dans la seconde classe, de 20 fr. dans
» la troisième, et de 18 fr. dans la quatrième, toute introduc-
» tion de blés et de farine de blés étrangers pour la consomma-
» tion nationale, sera prohibée dans lesdits départemens.

Art. 4. « Le droit supplémentaire imposé par l'art. 2 de la
» loi du 16 juillet 1819 sur les blés étrangers importés en France,
» sera perçu lorsque le prix des fromens indigènes sera descendu
» dans la première classe à 26 fr., dans la seconde classe à
» 24 fr., dans la troisième classe à 22 fr., et dans la quatrième
» classe à 20 fr.

Art. 5. « Le second droit supplémentaire imposé par l'art. 3 de
» la même loi de 1819, sera perçu, conformément à cet article,
» lorsque le prix des blés fromens indigènes sera descendu dans
» chaque classe au dessous du taux indiqué par l'art. précédent.

Art. 6. « Les dispositions de la loi du 16 juillet 1819, appli-
» cables aux seigles et maïs et aux farines de seigle et maïs en
» vertu de l'art. 10 de la même loi, recevront leur exécution,
» lorsque le prix de ces grains sera descendu à 19 fr. l'hectolitre
» dans les départemens de première classe, à 17 fr. dans les dé-
» partemens de deuxième classe, à 15 fr. dans la troisième
» classe, et à 13 fr. dans la quatrième.

» Et la prohibition des mêmes grains et farines aura lieu,
» lorsque le prix de ces grains sera descendu au-dessous de 16,
» 14, 12 et 10 fr.

Art. 7. « Le tableau des marchés régulateurs, annexé à la loi
» précitée, est modifié conformément au tableau ci joint.

Art. 8 « Le prix commun entre les marchés régulateurs de
» chaque classe ou section sera établi sans égard aux quantités
» vendues dans chaque marché.

Art. 9. « Les lois des 2 décembre 1814, 16 juillet 1819, et
» 7 juin 1820, relatives à l'importation et à l'exportation des
» grains et farines, continueront de recevoir leur exécution en
» tout ce qui n'est pas contraire à la présente. »

TABLEAU

De la division des départemens en quatre classes,
et des marchés régulateurs.

SECTIONS.		MARCHÉS régulateurs.
DÉPARTEMENS DE LA 1re CLASSE.		
Unique...	Pyrénées-Orientales, Aude, Hérault, Gard, Bouches-du-Rhône, Var et la Corse.	Toulouse. Marseille. Fleurance.(1) Gray.
DÉPARTEMENS DE LA 2e CLASSE.		
1re.......	Gironde, Landes, Basses-Pyrénées, Hautes-Pyrénées, Arriége et Haute-Garonne.	Marans. Bordeaux. Toulouse.
2e........	Basses-Alpes, Hautes-Alpes, Isère, Ain, Jura et Doubs.	Gray. St. Laurent, près Mâcon. Le Grand-Lemps.
DÉPARTEMENS DE LA 3e CLASSE.		
1re.......	Haut-Rhin et Bas-Rhin.	Mulhausen. Strasbourg.
2e........	Nord, Pas-de-Calais, Somme, Seine-Infé-rieure, Eure et Calvados.	Bergues. Arras. Roye. Soissons. Paris. Rouen.
3e........	Loire-Inférieure, Vendée et Charente-Infé-rieure.	Saumur. Nantes. Marans.
DÉPARTEMENS DE LA 4e CLASSE.		
1re.......	Moselle, Meuse, Ardennes et Aisne.	Metz. Verdun. Charleville. Soissons.
2e........	Manche, Ille-et-Vilaine, Côtes du Nord, Finistère et Morbihan.	Sait-Lô. Paimpol. Quimper. Hennebon. Nantes.

(1) Une loi du mois d'octobre 1830 a remplacé le marché de Fleurance

Après l'étude que l'on vient de faire des deux lois de 1814 et 1819, on apprécie l'importance des changemens opérés par celle-ci.

D'abord, les trente-huit départemens frontières divisés en trois classes, sont partagés maintenant en quatre et subdivisés en huit sections au lieu de sept.

Ensuite, l'*exportation*, interdite par la loi de 1814 quand nos blés n'avaient pas atteint le taux moyen général de 21 fr. l'hectolitre (23 fr., 21 fr., 19 fr. dans les classes respectives), taux que le ministère avait déclaré alors être *dans une juste proportion avec celui auquel il fallait tenir le pain*, l'exportation, disonsnous, n'est plus suspendue que lorsque la valeur du blé indigène s'élève dans les quatre classes nouvelles à des prix (26, 24, 22 et 20 fr.) dont le terme moyen est 23 fr.

Par le même motif, l'*importation* des blés étrangers est prohibée tant que la valeur des blés français est au dessous de 24, 22, 20 et 18 fr., prix dont le moyen est 21 fr., au lieu de 18 fr. donné par la loi de 1819. L'échelle de droits supplémentaires établie par cette dernière loi est néanmoins maintenue, et les limites qu'elle avait fixées à l'entrée et à la sortie des blés se-

---

par celui de Lyon. Ce dernier marché avait été porté dans le tableau annexé à la loi de 1819; l'expérience a prouvé que c'était à tort que Fleurance lui avait été substitué en 1821, par l'influence des députés du Languedoc. Un député des Bouches-du-Rhône avait fait comprendre le marché d'Arles dans le tableau de 1819, il en fut retiré en 1821.

condaires sont exhaussées proportionnellement à celles posées pour le froment.

Quelques marchés sont changés; mais on est revenu en 1830, sur quelques-uns de ces changemens. (Voir la note au bas du tableau précédent).

C'est sur ces bases nouvelles que doit principalement s'arrêter l'attention.

Il est évident que l'opinion des législateurs de 1821 fut qu'il faudrait, pour soutenir la culture des céréales en France, que la valeur moyenne de l'hectolitre de froment s'y élevât constamment, du moins dans les provinces de la circonférence du royaume, à 22 fr., taux intermédiaire entre celui de 21 fr. auquel ils en ont prohibé l'*importation* et celui de 23 fr. qu'ils ont mis pour borne à l'*exportation*. Cette question fondamentale est d'autant plus importante à examiner que les faits postérieurs à la loi semblent, comme nous allons le voir, infirmer l'opinion de ses auteurs.

En jetant les yeux sur les tables raisonnées du prix du blé depuis 1819, imprimées à la suite de cet écrit, on se convaincra que l'exhaussement des prix limites en 1821 influa moins que les législateurs ne s'y étaient attendus sur les prix réels. Chose remarquable, malgré le vœu de la loi, le prix moyen annuel du blé dans la totalité des départemens frontières depuis la loi de 1821 a constamment été jusqu'en 1828 inférieur à celui que le blé avait acquis sous l'influence de celle de 1819. Ce n'est qu'en 1829 qu'il a atteint la hauteur moyenne de 22 fr., et il est redescendu depuis au dessous de ce degré. Voici le relevé de ces prix moyens annuels (1).

	fr.	c.	m.
Du mois d'août 1821 au mois d'août 1822..	15	08	50
— — 22 — — 23..	17	20	04
— — 23 — — 24..	15	86	68
— — 24 — — 25..	14	80	03
— — 25 — — 26..	15	23	26
— — 26 — — 27..	15	97	53
— — 27 — — 28..	20	44	61
— — 28 — — 29..	22	34	65
— — 29 — — 30..	21	29	56
— — 30 — — 31..	22	48	78
Prix moyen	18	26	66

Quelles sont les causes d'une aussi forte et aussi longue disproportion entre la valeur effective du blé et celle que la loi a jugé nécessaire? L'*exportation*, quoique pouvant se faire depuis 1821 par de plus larges issues qu'auparavant, est-elle encore trop resserrée pour que tout notre superflu annuel ait pu pendant sept ans s'écouler au dehors? L'*importation*, quoique repoussée aussi par des barrières plus hautes, n'est-elle pas encore suffisamment comprimée? Si ces résultats sont l'effet même des mouvemens alternatifs d'*exportation* et d'*importation* réglés par la loi, il restera à expliquer comment, d'une part, ces mouvemens ont tenu pendant plusieurs années les blés si fort au dessous

---

(1) C'est d'une moisson à l'autre que ces prix ont été calculés, mesure plus juste que celle qui serait prise du commencement de l'année civile à celui de l'année suivante. Elle est d'ailleurs indiquée par la date même des deux lois.

de la valeur que semblait réclamer leur culture sans qu'aucune plainte publique se soit élevée dans ce long intervalle sur l'insuffisance de cette valeur ; et, d'une autre part, comment il est arrivé que dès qu'elle a atteint, en 1829, le prix moyen légal (22 fr.), l'inquiétude sur les subsistances s'est éveillée et progressivement accrue au point d'obliger les administrations des villes, les ministères consommateurs à extraire du dehors des approvisionnemens extraordinaires, et le gouvernement même à favoriser les importations par une loi d'exception (1). Faut-il conclure de ces deux faits opposés, d'un côté, que le prix moyen général du froment est trop haut à 22 fr. pour la nombreuse population des villes et des campagnes qui vit de son travail, et, d'un autre côté, que ce prix, et même celui de 21 fr. résultant des évaluations sur lesquelles ont été fondées les lois de 1814 et de 1819, n'est pas indispensable au soutien de l'agriculture, puisque les cultivateurs, propriétaires et fermiers, se sont contentés de prix bien inférieurs pendant les sept années antérieures à 1829?

Ces questions pour être résolues semblent appeler l'avis des conseils généraux des départemens, sorte d'états provinciaux prononçant avec connaissance de cause sur les faits et les intérêts de leur localité. Il est présumable que les lois de 1814, de 1819, et surtout celle de 1821, qui les réforma toutes deux contre le vœu même du gouvernement, auraient été assises sur des bases plus certaines et auraient mieux atteint leur but, si ces conseils avaient été préalablement consultés. Toutefois, il faut faire la part du temps; ces bases, quelles

(1) Voir ci-après, page 52, les dispositions de cette loi.

qu'elles soient, doivent varier avec lui, et celles-ci datent déjà de douze années.

Un des élémens essentiels de leur composition c'est la connaissance exacte des produits annuels et des mouvemens commerciaux habituels de chaque département, soit au dedans soit au dehors du royaume. Les douanes constatent ces derniers, les autres peuvent être appréciés par approximation. Quant au produit des récoltes et à son rapport avec la consommation, les évaluations faites jusqu'à présent sont devenues fort incertaines ; une discussion publique qui s'est élevée dans ces derniers temps à ce sujet, remet tout en problême (1). Jamais, sans doute, on ne parviendra sur

---

(1) Un publiciste avait avancé que la récolte de 1830 était insuffisante ; il évaluait la consommation à 82 millions d'hectolitres de tous grains. Un autre publiciste, qui semble avoir écrit sous la dictée du ministère, réfuta ainsi cette assertion :

« La récolte de 1830 n'est pas insuffisante aux besoins de la France....
» La France produit annuellement, déduction faite des semences,
» 90 millions d'hectolitres de blé, en froment, seigle et méteil. Il y a
» cette année dans la récolte un *déficit* réel d'un quart, et non pas seule-
» ment d'un sixième comme l'auteur de l'article le suppose, ce qui réduit
» la récolte de 1830 à 68 millions d'hectolitres environ. Or, la consom-
» mation de la France n'est pas chaque année de 82,600,000 hectolitres
» comme il le dit..... La quantité de blé nécessaire à la subsistance de la
» population entière, n'est que de 48 millions d'hectolitres. Il résulte
» de là que, loin que la récolte de 1830 soit insuffisante, elle offre un
» superflu de 20 millions d'hectolitres » (Journaux des 8 et 9 jan-
vier 1831.)

Si le ministère n'a pas avoué formellement une assertion aussi nouvelle, il ne l'a point contredite. Mais elle semble l'être fortement par la
loi que lui-même avait fait rendre au mois d'octobre précédent, pour
suspendre la perception des droits sur les grains étrangers, et par les

cette question à une exactitude mathématique ; mais
les différences entre les divers calculs sont si considérables qu'il faut aussi, ce semble, reprendre à fond les
données sur lesquels ils sont établis.

Après ces questions primordiales il en est d'autres
qu'il n'importe pas moins d'examiner, et que nous
avons déjà indiquées ; telles sont les redressemens dont
seraient susceptibles la classification des départemens
et ses subdivisions, le choix des marchés régulateurs
pour chacune d'elles, et encore, le mode prescrit par
l'art. 8 de la loi de 1821, pour déterminer le prix
légal d'après les ventes faites sur les marchés, mode qui
semble ne devoir donner que des résultats inexacts (1).

---

embarras survenus depuis. Que serait devenu cet énorme excédant de
20 millions d'hectolitres ? Que deviendrait chaque année ce superflu,
bien plus énorme encore, de 42 millions d'hectolitres, que toute notre
marine marchande ne pourrait transporter ? et comment la culture s'obs-
tinerait-elle à produire des céréales à côté d'un tel amas de blés sans
emploi ? L'exagération est évidente, mais il reste des doutes.

Turgot n'évaluait qu'à un treizième, ou à un mois de consommation en
sus des besoins de l'année, le produit ordinaire des moissons en France.
Tout récemment un auteur anonyme qui paraît avoir étudié à fond cette
matière n'évaluait l'excédant qu'à quinze jours dans les années communes. Quant à sa quotité, M. Chaptal, qui, comme ministre de l'intérieur, a été mieux que personne à même de s'éclairer sur ce point, esti-
mait la moisson moyenne à 94 millions d'hectolitres, semences déduites ;
et un article du *Moniteur* en 1829, à 82 millions seulement. Avant ces
évaluations presque officielles, divers auteurs avaient varié dans leurs
estimations de 110 à 150 millions d'hectolitres, et depuis on est monté
jusqu'à 175 millions, mais sans aucune déduction pour les semences, la
nourriture des animaux, etc.

Au milieu de tout cela, la vérité est encore à chercher.

(1) Cet article prescrit d'établir le prix commun des marchés régula—

Déjà l'année dernière le ministère a fait adopter par
les chambres (loi temporaire d'octobre 1830) quelques amendemens à la loi de 1821 ; d'abord, en rayant
du tableau des marchés régulateurs de la première
classe le marché de *Fleurance*, et en y rétablissant
celui de *Lyon* qui y avait été substitué ; secondement,
en effaçant, pour la perception des droits d'entrée, la
distinction que la loi sur les douanes du 7 juin 1820
avait établie par rapport aux grains, entre ceux qui
provenaient des pays de production et ceux qui étaient
importés d'ailleurs, et enfin, en égalisant de même la
quotité du droit variable pour les grains importés par

---

teurs *sans égard aux quantités vendues sur chaque marché;* Or, s'il
a été vendu, par exemple, sur un premier marché 100 hectolitres de blé
à 15 fr., sur un second, 200 à 14 fr., et sur un troisième, 300 à 13 fr.,
le prix moyen sera, d'après la loi, le tiers de ces trois prix additionnés,
lequel est 14 fr. ; cependant le prix moyen réel des blés vendus sera de
13 fr. 67, en divisant 8,200 fr., produit total des ventes, par 600 nombre
d'hectolitres vendus. Le mode ordonné par la loi est plus simple, plus
facile, mais il ne donne point un résultat vrai. Ce résultat sera encore
bien plus éloigné de la vérité, si, dans chaque marché, les prix moyens
élémentaires du prix moyen général ont été déduits de même des prix
payés, sans avoir égard aux quantités vendues.

Quant aux inconvéniens d'une mauvaise classification des départemens
ou d'une fausse attribution des marchés, s'il est arrivé, par exemple,
qu'un département ait été placé dans la classe des prix limites supérieurs,
quand il aurait dû l'être dans une autre, il en sera résulté qu'une trop
grande quantité de blé se sera écoulée de ce département et de ceux qui
l'avoisinent au-dehors. A la vérité, l'importation y aura été ouverte plus
long-temps que dans les autres classes, mais on importe rarement dans
les départemens qui exportent. Si, au contraire, ce département a été placé
dans une classe inférieure à celle où il aurait dû être mis, l'inconvénient
de cette transposition aura été de l'empêcher d'écouler tout son superflu.

les frontières de terre et pour ceux qui le sont par mer. Ces deux dernières dispositions n'ont eu d'effet que jusqu'au 30 juin 1831, parce qu'elles avaient pour objet de prévenir plus efficacement la disette dont notre pays paraissait alors menacé, en allégeant les charges de l'importation ; mesure extraordinaire qui prouve l'insuffisance de la loi permanente et la nécessité de la réformer sur ce point. Une loi qu'il faut modifier temporairement pour assurer son effet est défectueuse.

C'est un autre défaut des deux lois sur l'importation que l'incertitude à laquelle elles exposent le succès des spéculations sur les blés étrangers pour secourir le pays, par l'effet subit de la publication mensuelle des prix régulateurs. Une baisse imprévue de quelques centimes au-dessous des prix auxquels l'importation est autorisée peut empêcher l'introduction des blés amenés dans nos ports, et changer ainsi en perte réelle le bénéfice que le commerçant s'était justement promis. La loi de circonstance dont nous nous occupons contient à ce sujet une dernière disposition équitable et prudente, que nous allons rapporter textuellement parce qu'elle mériterait de devenir stable dans cette législation ; la voici :

« Quand, par l'effet du prix légal, l'importation devra cesser
» dans un port de mer, les cargaisons, qui, fortuitement, n'au-
» raient pu parvenir à temps, mais dont l'expédition, faite de
» bonne foi, sera régulièrement prouvée par la présentation
» des connaissemens, seront admises, et néanmoins paieront le
» droit d'importation le plus élevé. »

Résumé.

—

C'est assez de ces remarques pour le but que nous nous sommes proposé dans les premières pages de cet écrit.

Une grande question de principe, celle de la liberté illimitée de l'exportation et de l'importation des grains, paraît être désormais résolue irrévocablement, pour la France, dans le sens contraire à la doctrine des anciens économistes, adoptée seulement pour le commerce intérieur. La liberté de porter nos grains à l'étranger quand ils sont nécessaires chez nous, celle de nous apporter ceux d'un autre territoire quand les nôtres sont surabondans, seraient des abus dangereux que la loi devrait réprimer, s'ils existaient, bien loin de les autoriser. Même dans le cas où le système restrictif et prohibitif des douanes serait généralement aboli pour tous les autres objets de commerce moins nécessaires à l'existence, on sent que la subsistance publique, déjà si dépendante des chances annuelles des moissons, ne devrait pas être totalement abandonnée aux spéculations de l'intérêt privé. Ni la force morale des lois, ni la force matérielle du pouvoir armé pour les faire exécuter, ne pourrait comprimer l'indignation et empêcher le soulèvement des populations témoins de l'enlèvement de leur premier aliment pour des populations étrangères.

Le système de limites établi par nos lois pour l'ex-portation et l'importation des grains est donc fondé sur la nature et sur la raison ; il n'a besoin que d'être per-fectionné. C'est dans cette vue que nous appelons l'attention sur les propositions suivantes, qui sont la conséquences des remarques que nous venons de faire sur l'ensemble de ces lois, et sur chacune d'elles en particulier.

1° Ne composer qu'une seule loi des quatre lois du 29 août (ou 21 septembre) 1789 sur le commerce inté-rieur, 2 décembre 1814, 16 juillet 1819 et 4 juillet 1821 sur l'exportation et l'importation des grains.

2° Remplir la lacune de celle de 1789 par des dispo-sitions spéciales aux temps d'extrême cherté et de di-sette, protectrices à la fois du droit de tous à l'aliment indispensable produit par le sol commun, et du droit individuel de propriété, tant des cultivateurs que des commerçans ; ce qui ne peut se faire que par une définition exacte et précise de ces droits respectifs, qui limite justement les prétentions de part et d'autre, à l'effet de prévenir les désordres accoutumés que leur excès occasione.

3° Simplifier et coordonner clairement entr'elles les trois lois sur l'exportation et l'importation.

4° En examiner à fond la base principale, c'est-à-dire l'appréciation qui y a été faite de la *valeur nécessaire* du blé dans les différentes parties du royaume, et véri-fier en conséquence si les limites ont été bien déter-minées.

5° Examiner s'il n'est pas préférable d'encourager la culture des céréales en autorisant l'exportation au-delà d'une juste borne, que d'appeler les grains étrangers avant que les nôtres aient atteint une valeur quelque peu excessive. En d'autres termes, si, en principe, dans un pays agricole, l'exportation ne doit pas être plus excitée que l'importation, quels que soient d'ailleurs, à cet égard, les effets des lois antérieures?

6° Examiner aussi les avantages et les inconvéniens d'une échelle de droits variables sur les grains importés, de même que ceux d'un affranchissement absolu de tout droit fiscal, autre que le droit de balance.

7° S'assurer si la division qui a été faite des départemens frontières en quatre classes, et leur subdivision en sections est encore juste, relativement à son motif énoncé dans l'article 2 de la loi du 2 décembre 1814.

8° S'assurer également si les marchés régulateurs, maintenus ou établis par la loi du 4 juillet 1821, sont bien ceux qui ont actuellement le plus d'influence sur le prix des grains dans les arrondissemens où ils servent de règle à l'exportation et à l'importation, etc., etc.

Rien ne pouvant mieux justifier les assertions et les doutes exposés dans cet écrit, que les variations survenues dans la valeur locale et générale des grains depuis l'établissement des lois qui en font le sujet, nous le terminerons par le relevé des prix du froment publiés officiellement mois par mois depuis 1819 pour ouvrir ou fermer nos ports à l'exportation et à l'importation.

Ce tableau raisonné, intéressant d'ailleurs comme renseignement statistique, mettra à même de comparer, par section, par classe, par mois et par année, les prix réels aux prix limites fixés par la loi, et de juger des lieux et des temps où la sortie et l'entrée des blés a été permise ou prohibée dans le cours de douze années. Nous avons déjà fait remarquer, page 48, que le terme moyen des prix réels des dix dernières est resté fort au-dessous du taux auquel la loi du 4 juillet 1821 avait voulu l'élever dans l'intérêt combiné du cultivateur et du consommateur.

Nous regrettons de ne pouvoir ajouter à ce tableau celui des grains importés et exportés sous l'empire de cette loi et de celle de 1819. Il serait à désirer que l'administration des douanes le publiât et qu'elle continuât à le faire chaque année (1).

FIAT UTILITAS.

---

(1) En général, l'administration publique, qui, seule, peut connaître l'ensemble des opérations commerciales de la France à l'extérieur, devrait par des publications périodiques, spéciales à chaque branche de commerce, répandre parmi les négocians plus de lumières que leur correspondance privée, quelque étendue qu'elle soit, ne peut leur en donner sur les ressources et les besoins habituels du pays. Ces publications ne coûteraient rien à l'État; les longues feuilles du *Moniteur*, si souvent pleines de *remplissages*, y seraient utilement employées, et les autres journaux, en le copiant, contribueraient à propager ces renseignemens. En 1809, l'auteur de cet écrit proposa de faire demander à tous les consuls français des rapports périodiques sur l'état de la culture et du commerce des céréales dans les pays de leur résidence; ces rapports, adressés par eux au ministre des affaires étrangères, étaient transmis par ce ministre à l'administration des subsistances militaires dont ils éclairaient les opérations; depuis la suppression de cette administration, ils ont été réclamés par le ministère de l'intérieur, où probablement, s'il les reçoit encore, ces renseignemens demeurent classés dans les cartons, sans utilité pour l'administration ni pour le commerce à qui leur communication serait très-certainement profitable.

5

TABLEAUX RAISONNÉS [1]

Du prix du froment dans les trente-huit départemens frontières de la France, depuis le mois d'août 1819 jusqu'au mois d'août 1831, d'après les états publiés chaque mois par le Ministre de l'intérieur pour servir de régulateurs à l'exportation et à l'importation des blés, conformément aux lois du 16 juillet 1819 et du 4 juillet 1821.

[1] Dressés par M. Gautier fi's (Félix).

Tableau n° 1.

LOI DU 16 JUILLET 1851.

	1ʳᵉ CLASSE.		2ᵉ CLASSE.			5ᵉ CLASSE.		PRIX Moyen Généraux.	
PRIX LIMITES. { de l'exp. { de l'imp.	23 f. 20		21 f. 18			19 f. 16		PAR ANNÉE.	PAR ANNÉES RÉUNIES.
	1ʳᵉ SECTION.	2ᵉ SECTION.	1ʳᵉ SECTION.	2ᵉ SECTION.	3ᵉ SECTION.	1ʳᵉ SECTION.	2ᵉ SECTION.		
Départemens...	Gironde. Landes. Basses et Hautes Pyrén. Arriége Haute-Garonne	Pyrc. or. Aude. Hérault. Gard. Bouches du Rhône. Var. Basses et Hautes Alpes. Isère. Ain Jura Doubs.	Haut et Bas Rhin.	Nord. Pas-de-Calais. Somme. Seine inférieure. Eure. Cal-vados.	Loire inférieure. Vendée. Charente inférieure.	Moselle Meuse. Ardennes. Aisne.	Manche. Ille-et-Vilaine. Côt.-du-Nord. Finistère. Morbihan.		
Marchés régulateurs.	Marans. Bordeaux. Toulouse.	Toulouse. Marseille. Arles. Lyon.	Mulhausen. Strasbourg.	Bergues. Arras. Raye. Soissons. Paris. Rouen.	Saumur. Nantes. Marans.	Metz. Verdun. Charleville. Soissons.	St.-Lô. Paimpol Quimp. Henne-bon. Nantes		

ANNÉES.	MOIS.	f. c.	f. c.	f. c.	f. c.	f. c.	f. c.	f. c.		
1819	Août...	18 96	21 »	18 35	19 36	19 48	15 89	20 55		
	Septemb.	15 17	18 08	17 27	17 55	14 83	13 53	18 82		
	Octobre..	15 75	16 50	14 44	15 93	13 99	12 47	17 88		
	Novemb..	16 28	16 60	13 37	15 06	14 15	13 32	17 47		
	Décemb.	16 52	16 58	13 48	14 54	14 42	12 38	17 09		
1820	Janvier.	14 62	16 13	13 61	14 35	13 73	10 93	16 35		
	Février..	15 25	16 38	13 63	14 75	13 63	13 20	16 15		
	Mars...	17 34	18 83	14 91	16 22	16 26	14 07	18 12		
	Avril...	17 81	20 63	15 12	16 73	15 70	14 59	18 35		
	Mai...	18 33	20 14	15 20	19 89	17 54	14 79	20 38		
	Juin....	19 54	21 »	17 65	20 50	16 39	20 82	22 21		
	Juillet..	19 33	20 82	16 93	20 38	18 82	19 67	21 37		
12ᵉ ou prix moyen annuel. { Par Section.		17 07 30	18 58	14 91 33	17 07 16	15 90 33	14 97 16	17 06 16	f. c. m. 16 60 23	
{ Par Classe.		17 f. 82 c. 75 m.		15 f. 96 c. 27 m.			16 f. 01 c. 66 m.			
	Août...	17 57	21 23	15 49	18 16	17 71	17 38	19 86		
	Septemb.	17 68	21 08		20 58	19 04	20 69	19 63		
	Octobre..	18 75	21 11	18 01	20 42	19 47	19 19	20 02		
	Novemb..	19 32	21 89	17 03	20 38	19 68	18 81	21 »		
	Décembr.	19 01	22 46	16 95	20 38	18 88	20 38	21 21		
1821	Janvier.	18 81	21 65	17 18	20 38	18 54	19 02	21 06		
	Février..	17 93	21 75	16 56	19 68	17 50	18 74	20 49		
	Mars...	17 08	20 99	16 42	19 54	17 88	18 22	20 46		
	Avril...	17 06	19 71	16 82	19 61	16 70	16 28	19 18		
	Mai....	16 71	18 73	17 71	17 23	15 85	14 54	18 71		
	Juin....	16 91	17 40	15 70	18 43	16 41	15 01	19 49		
Section unique. (1) Juillet.		16 54	18 17	17 67	17 03	17 27	14 61	18 93	f. c. m. 17 62 79	
12ᵉ ou prix annuel. { Par Section.		17 77 25	20 44 75	16 71 66	19 31	17 91	17 73 92	20 00 50		
{ Par Classe.		19 f. 11 c. (2)		17 f. 07 c. 08 m.			18 f. 87 c. 21 m.		18 65 36	

(1) Les prix de juillet furent réglés d'après la nouvelle division établie par la loi du 4 juillet 1821, indiquée dans le tableau suivant.

(2) Le prix de la nouvelle première classe pour juillet non compris.

	1.re CLAS.	2.e CLASSE.	3.e CLASSE.	4.e CLASSE.	PRIX MOYENS GÉNÉRAUX.

Départements.

Pyrénées-orientales, Aude, Hérault, Gard, Bouches-du-Rhône, Var, Corse.

Gironde, Landes, Basses-Pyrénées, Ariège, Haute-Garonne.

Hautes et Basses Alpes, Isère, Saône-et-Loire, Ain, Jura, Doubs.

Nord, Pas-de-Calais, Somme, Seine-Inférieure, Eure, Calvados.

Loire-Inférieure, Vendée, Charente-Inférieure.

Manche, Morbihan, Finistère, Côtes-du-Nord.

Morbihan, Mer-et-Vilaine, Côtes-du-Nord, Finistère, Mortihan.

Marchés régulateurs ....

Toulouse, Marseille, Florence, Gray.

Nantes, Bordeaux, Toulouse.

Gray, Saint-Laurent, Strasbourg, Paris, Rouen.

Rennes, Brest, Sartines, Pons.

Metz, Verdun, Saumur, Meaux.

Saint-Lô, Painpol, Quimper, Morlaix, Nantes.

www.ingramcontent.com/pod-product-compliance
Lightning Source LLC
Chambersburg PA
CBHW060810180626
46818CB00002B/778